麗海 한승연
오늘도 살아 있는 존재 이유

국립중앙도서관 출판시도서목록(CIP)

오늘도 살아 있는 존재 이유 / 한승연 지음. — 서울 : 한누리미디어,
2011
  p. ;   cm

ISBN 978-89-7969-402-4 03810 : ₩8000

한국 현대시[韓國 現代詩]

811.7-KDC5
895.715-DDC21   CIP2011004236

麗海 한승연 지음

한누리미디어

오뉴월 성난 장맛비 주룩주룩
쏟아지던 바닷가에 안개 걷히더니
살랑거리는 바닷바람이 햇살을 동반하고
그것이 무심한 세상살이란 듯이
가물가물 멀어져 갔던 내 기억 속에
세상을 많이 살아온 어른들이 주고받던
원초적 이야기를 수반하고 조립하게 한다.
일찍이 우리 어른들은 위로부터
대자연의 섭리가 무엇이란 것을 배워
하늘을 숭상하고 어른을 존경하며
이웃을 내 몸처럼 다독이며 살다가
천수天壽를 누리고 세상 떠나는
그 죽음을 호상好喪이라고 했다던가
그만큼 세상 오래 살다 보면
여러 가지를 보고 또 듣고 배워
철이 들고 세상을 떠나는 망자亡者
그 관 뚜껑 칠성판 위에 그처럼
현고顯考 아무개 학생學生 졸卒자를 써서
붙였다는 것이 그 유래라니
그 뜻 되새김질해 보는 오늘

지난 날 짧고 모자랐던 생각이
저질렀던 시행착오로 씁쓸하게 걸어온
내 인생 칠십 계단에 앉아
지나온 그 세월 다시 돌아보게 하는
가물한 이야기를 들려주고 있다.
우리 어른들이 사랑방에 모여 앉아
할 일 없이 오래 사는 노인을
수생修生욕慾이라고 했음도
그 뜻 깊이를 내포한 이야기로
세상 오래 살면서 무엇 때문에 사는지
인간의 본성이 무엇인지, 또 어디서 와서
어디로 돌아가는 귀신鬼神인지
그 이치를 백수白壽를 다하면서도
깨닫지 못한 무지無知한 어리석음이
젊어서 하던 행동머리 훈습 그대로를
무의식 속에서 출렁거리는 사람을 빗대어
망령되게 노망老妄들었다는 노인으로
그 삶이 욕慾이 된다는 것이고 보면
세월을 살아온 만큼 자성自性하여
영혼이 성숙되어져야 한다는

성현들 가르침의 말씀과 일치되면서
우리 어른들이 세상에 남기고 간
깨달음의 지혜가 관 뚜껑 위에 졸卒자로
그 지혜에 새삼 고개가 끄덕여지면서
오늘을 살아가는 내 자신이 부끄러워진다.
그처럼 무엇이 옳고 그름인지조차도
분별하지 못하고 철없이 덤벙대던 지난 날
그 어리석음의 무지無知가 유죄有罪로
슬픔과 고통 속에서 허위거리며 바보처럼
얼마나 울먹이며 살아온 세월이었던가.
그 바보스러움 뒤돌아보는 자책이
어느 날 나도 모르게 긴 한숨을 끌고
바보였구나, 내가 정말 바보였어!
그때, 등 뒤에서 난데없이
불 쑤시개같이 날아온 쇳소리가
"엄마가 벽창호라는 거 이제 알았어?"
원망이 더께 묻은 딸아이의 그 눈빛
볼묵은 쇳소리 앞에서 무슨 말을
무슨 염치로 더할 수 있을 것이던가.
물질이 왕 노릇 한다는 세상에서

경제적으로 도움이 되어 주지 못한
무색함이 맹물처럼 하얗게 웃고 앉아
"그래, 주는 것도 못 받아먹는 바보
벽창호가 엄마였어, 그래 미안하구나.
내가 무슨 고고한 청학이라고…"
그 말 밖에 더할 수가 없는 참으로
세상에 둘도 없는 천치 바보가
한세월을 뒤뚱거리며 살아오면서
끝없이 흘리던 가슴 속 눈물이
고통의 바다로 흐르고 흘러서
마침내 내 영혼을 갈고 닦아
성숙시켜 오라는 하늘의 섭리가
내게 주어진 슬픈 운명으로
그것이 내 삶의 축복이었다니
예수께서 범사에 감사하라는 말씀을
오늘 다시 되새김질하게 하면서
뒤늦게 고개 숙여 옷깃을 여미게 한다.
그 시간 속에서 새삼 일깨워 주는 것이
그와 같은 말씀을 내 어린 시절부터
생활 속에서 익히게 해 주신 내 어머니에게

새삼 감사의 은혜를 크게 느끼게 해 준다.
그 교훈은 적어도 내 것과 남의 것
그리고 취해야 할 것과 탐내지 말아야 할 것을
회초리를 들고 가르쳐 주신 그 교훈이
자식 사랑하는 부모의 마음으로, 특히나
종교적인 심성이 누구보다도 깊으셨던
어머니가 있었기에 남들처럼 그렇게
영악스럽게 계산적으로 살지 못한 바보로
때로는 벽창호 노릇을 할 때도 있었지만,
그러나 가난한 오늘을 후회하지 않는 것은
허망한 세상에서 참된 것이 무엇인지를
생활 속에서 보고 느끼게 해 주신
어머니의 간절한 기도와 찬송이 있었기에
오늘 비록 가난한 붓대 하나만을
유일한 전재산으로 의지하며
나와 더불어 있는 세상을 공부하고
또 나를 뒤돌아보게 하는 모습을
만들어 준 스승으로 태산보다 높은 어머니
그 뜨거운 사랑과 기도가 있었기 때문으로
그 고마움이 세상을 살아갈수록 더욱 크게

새록새록 느껴지면서 아득한 그리움으로
눈시울을 붉어지게 한다.
지난 날 젊음의 교만으로 검은 먹빛 바다
철썩거리다가 칵칵 숨막혀 오던 그 세월
아프게 뒤돌아보는 칠십 계단에 앉아
뒤늦게 부끄럽게도 철이 들어가는가
이제는 불러도 대답조차 없는 어머니
그 가슴 속 사랑의 흰 웃음이
밤이면 달빛 홀로 외로운 내 창가를
기웃 기웃하면서 지난 날 세상 모른 청개구리
그 어지러운 자유로 덤벙대던 천千의 가시
그 모순이 내 베틀 잉아에 감긴 인과因果로
오늘은 낱낱이 그 업보業報로 돌아와
밤이면 계절을 잃고 무색하게 앉아있는
두 볼에 하염없이 물기를 젖게 한다.
바닷가 처얼썩거리는 파도소리가
그처럼 무심했던 불효를 참회하게 하면서…

돌산대교와 장군도를 바라보는 여수에서

차례

연꽃은 진흙 밭 어둠 속에서
온갖 벌레들에게 깨물리며
몸살 앓고 피워낸다는 것
더 많이 아파라
인간 삶의 고통은
영혼 성숙을 위한
하늘 축복이라는 것이기에…

그 슬픔 무성한 바다

통통배 소리가 잠을 일깨우는
돌산대교 앞 바닷가
끈적끈적한 해조음을 마시며
바라보는 푸른 바다 위로
흰 거품을 일구며 떠나는 고깃배가
철없던 어린 시절 기억 속으로
나를 슬프게 스며들게 한다.

원양어업의 선구자로
해방공간에서 쫓겨가는
일인日人선박 일곱 척을 인수하여
전남 광주에 본사를 두고
우리나라 최초로
전남수산개발주식회사를 설립하셨던
내 아버지 한종수 씨,
그토록 원대한 푸른 꿈을
하루아침에 앗아가 버린 돌개바람
그 사라호 태풍이라던가

참으로

억장이 무너져 내리는
긴 한숨 쏟아내며
저 멀리 수평선 너머
하늘을 아득한 눈빛으로
바라보시던 아버지의 두 눈에
그렁하게 차오르던 눈물
그 꿈을 잃어버린 슬픔으로
그토록 허허로운 고독의 잔을
남모르게 훌쩍이시다가
마침내 간경화증의 신병을 얻고
그 운명을 마감하신 내 아버지

그처럼 희망을 잃고
쓸쓸해 하시던 마지막 뒷모습이
먼 산천 뒤뚱거리며 돌아와
석양 놀빛 바라보는 바닷가에
하염없이 둥둥 떠다니면서
먹빛보다 더 검은 가슴 속
눈물로 젖어 흐르게 하고 있다.
이제는 불러도 대답 없는 아버지
그 긴 한숨의 의미를 곱씹으면서…

여수찬가

1

아름다워라!
아침 햇살 반짝이는
푸른 바다 금빛 물결
오호라! 금성金聲 여수
태극 깃발 휘날리는 연락선
오고 가는 뱃고동 소리
희망의 속삭임이여!

2

상긋한 하늘 바람
살랑대는 선창가에
조각배 노젓는 뱃사공
어기여차!
만선滿船의 꿈 실어주는
금성옥진金聲玉振 Expo!
Oh nice 여수!

3

비상의 날개 펴고

새날의 문을 여는
여수의 노래, Oh yes!
파도치던 격동의 시대
하늘마저 울리던 구국救國의 함성
오늘은 세계를 향해 얼씨구, 얼쑤!
손짓하는 평화의 북소리!

4

어두운 밤 지새운
북녘 철새, 남녘 어류魚類
모두 함께 모여
사랑과 지혜를 엮어 짜는
아름다운 바다 이야기
Beautiful dreamers come and see,
dreams come true!

오늘도 살아 가는 존재 이유

조각배의 꿈

오, 대한민국 Korea!
세계 속에 유일하게
불명예의 분단국가
허리 잘린 핏빛 상처
애처롭게 감싸 안고
지구촌 화합의 문을 여는
새 아침의 여수!

우리 모두 함께 가자
열린 가슴 손을 잡고
화합의 통일시대
그 준비를 위해
평화의 북소리 울리는
여수로 go for it!
세계로 우주로, go for it!!
아면.

새로 이는 불씨

두 귀의 요동 속에
새로 이는 불씨로다
어디서 멈추었다가 새 날듯
가엾은 밤배의 작은 불씨
그 해묵은 고백을 동반하고
꿈을 밴 그 바다의 통로

오, 그 팡파르!
오동도에 묻어 뒀거나
장군도에 묻어 뒀던
반짝이는 밀어密語 늘어서고
오늘 우리들이 마시는 것은
그 바다의 출렁거림이여.

여수 엑스포의 팡파르!

경이롭구나
새 화폭에 담길
여수 세계해양박람회 엑스포 팡파르!
그 오프라인 프로그램은
해양관련 국제페스티벌로
환상적인 대규모의 공연과 함께
친환경적인 이벤트가 집중되는
국내 최초의 국제 해양문화행사라니
참으로 놀랍고 경이로울 수밖에 없다.

그 행사에서
세계를 향한 여수의 메시지는
바다와 인간 사이 경이로운 소통을
직접 경험할 수 있도록
해저도시에 들어온 듯한 느낌을
만끽하게 하는 창의적 공간 창출로
내부에 들어가면 선사시대
한반도의 연안생활을 한눈에 볼 수 있는
반구대암각화가 영상으로 구현되며
그 행사의 주제는

'살아있는 바다, 숨 쉬는 연안'이다.

다가올 2012년
5월부터 8월 말까지 계획된
여수 국제해양문화 행사는
세계 100개국이 참가하여
그 나라 특유의 고유한 예술문화를
연출하는 이벤트 프로그램으로
800만 명의 국내외 관람객들이
여수의 창의적 해양활동을 보기 위해
운집할 것으로 예상된다는 집계가
오늘 여수 시민의 즐거운 비명이다.

그토록 엄청난 국제행사에
밤낮을 잃고 불빛을 뿌리며
여수 신항 일대 폐사일로를 개조한
스카이타워는 여수엑스포의 랜드마크로
크게 역할을 해줄 것으로
박람회 준비위원과 시민들은
그 상징들을 세우기 위해

오늘도 두 눈에 힘줄을 세우고
희망에 부푼 콧노래로
흥겨운 바람소리를 내고 있다.

그 행사 3개월 동안
한여름을 태우는 환상적인
대규모의 공연과 이벤트는
뉴미디어쇼와 수상공연
그리고 야간 DJ쇼뿐만 아니라.
오대양 희귀생물들을
직접 만나 볼 수 있게 된다는
예술이 결합된 볼거리 축제로
국내외 관람객들에게 분명히
잊지 못할 여수의 추억과 함께
즐거움을 선사하게 될 것으로
방싯 열린 그 현실 앞에 여수시는
선창가에 새롭게 단장되는
이순신 장군의 공원에 불기둥을 세우고 있다.
세계를 향해 포효하는 코리아!
그 상징의 깃발처럼…

여순 민중봉기

그 추위였음이야
어둡던 민족 시련기에서
그처럼 짓밟히고 짓밟혔던
이 터전의 씨알들
오, 그 긴 긴 흐느낌

그 산고産苦였음이야
이 나라 지켜온 구국의 선혈
참으로 타는 목마름 적시던
그 무리의 함성 활활 태워서
바다로 흩날린 잿가루

오, 그 파도였음이야
피 묻은 그 날의 입술이
한없이 떨던 철썩거림
피류의 낭자한 물무늬로
애기섬에 새겨진 그 이름

처얼썩거리는 눈물이야
천둥 번개치던 그 날

찢겨서, 찢겨서 흐르던 피가
죽은 말을 옷 입히고
훨훨 눈물로 흘려 보낸
오, 사연 많은 여수의 바다여.

희망의 노래 소리

안개 걷히더니
햇살도 눈부시게
동터 오는 아침바다 위로
힘줄 숫구친 어부들
희망찬 노래 소리 들린다
여수의 푸른 밤을 빛내줄
신기루 같은 바다 위의 판타지
오, 여수 세계해양박람회!

그 희망의 불꽃
여수 엑스포가 가진
바다 위의 눈부신 환상
그 히든카드 The Big-O
둥실둥실 떠돌고 있다.
그처럼 숱한 사연을 묻고
새로운 날의 문을 여는
오, 그 휘파람 소리

둥둥~ 둥!
북소리 울리며 열리는

전대미문의 멀티미디어 쇼가
아리랑~ 아리랑~ 아라리요
사연 많은 한민족 애환의 노래
저 멀리 세계를 향해
울려 퍼지게 할 것이라니
해양관광자원 두루 갖춘
한려해상 국립공원 미항 여수

오, 그 쪽빛 바다 출렁이는
희망찬 노래 소리여!

슬픈 역사의 현장에서

내 기억이 틀림없다면
그처럼 암울했던 시대
역사의 수레바퀴 속에서
그 불씨를 안고 있던 소리였던가

해방공간에서
잃어버린 국권國權을 통탄하며
조국을 다시 찾겠노라
모든 빛을 모으며 출렁이던
그 천千의 눈, 귀를 밝히고
휩쓸리고 또 휩싸이며
피눈물로 얼룩진 그 뜨거운 열기熱氣
주검이네, 주검이네 떠들며
울부짖고 치솟던 가엾은 불씨
맨살의 솜털로 곤두섰다가
겉살 속살 찢겨서, 찢겨서
바닷물 검붉게 흐르던 핏물
엄마섬, 애기섬을 휘돌며
하늘마저 울리던 그 통곡의 소리
그 울림인 듯, 슬픔인 듯

푸른 물결 출렁이는 바다 위로
한 점의 별똥별이 길게 흐르고 있었다.

다가올 2012년,
오뉴월 염천炎天에 열린다는
여수 세계해양박람회 엑스포!
그 불빛 출렁거림 속에서…

우리를 슬프게 하는 피의 역사

떠나듯이
가라앉은 슬픈 이야기 하나
어둠 속에 출렁이던 돛단배
그 밤배에 불을 밝히고
이제는 역사의 시간 속으로
무색한 이름으로 떠난 사람들
한 시대의 주역主役일 것인가
다만 무명無名한 나그네일 것인가.

한떼의 돌개바람
그 출렁이던 파도에 실려
아프게, 아프게 죽어서
우리 앞에 돌아온 그 밀어密語
더러는 무명하게 죽어간
그들 하얀 맨살의 비늘이
오늘도 그 슬픔 달래주지 못한
잔잔한 바다 위에 출렁이고 있다.

그 바다 파도 소리는
끈적끈적한 슬픔처럼

눈을 뜬 귓전을 맴돌며
아침이면 마시는 나의 찻잔 속에
우수憂愁 어린 이야기로 꿈틀대며
이 숲과 저 숲에 묻어 있는
그 은밀한 피의 역사를
다시 되새김질해 보게 한다.

오늘 우리를 슬프게 하는
혹독했던 피의 역사를
바로 알고 밝혀 보라는 듯이
밤이면 깜빡이는 그 불빛
장군도 섬 둘레를 장식하고 있다
충무공 이순신 장군의 숨결이
오늘도 그대로 살아 반짝이는
그 넋의 불빛 교훈처럼…

이순신 장군의 숨결을 마시며

지나간 역사 속에서
오늘도 우리에게
커다란 교훈을 남겨 주고 있는
충무공 이순신 장군의 숨결!

그처럼 당쟁 싸움으로
한낱 밥자루에 지나지 않는
장수들과 조정 관리들의 작태에
왜구들이 노리고 쳐들어 온 곳
호남의 관문으로 여수였다니
그토록 커다란 중책의 소임 받들어
좌수영 진남관에 갑옷 입고 걸터앉아
골몰하게 짜낸 그 지혜 결단이
마침내 거북선을 만들어
그처럼 거침없이 밀려 들어온
왜적 수군 십만 대병을 상대로
둥둥~ 둥~ 거북선에 북소리 울리며
통쾌하게 왜구들을 쫓아 물리치셨다는
번뜩이는 총명한 지혜의 지략이
오늘도 그 역사의 현장

여수 앞바다를 지키는 수문장처럼
일신一身의 안위를 버리고
포효하던 그 기상氣象의 용맹을
파도 소리와 함께 그 숨결 소리
들려주고 있는 것만 같다.

그것이 나와 함께 더불어 있는
나라 사랑으로 애국 애족하는
올바른 신념의 국민정신이라는 듯이…

그 추억 속에서

황혼 놀빛 기웃하는
겨울 고목나무
달빛 쏟아지는 바닷가에 앉아
어린 시절 세상 모른 채
고개 흔들어가며 불렀던
옛 노래를 불러본다.

'넓고 넓은 바닷가에~
오막살이 집 한 채~
늙은 애비 혼자 두고~
영영 어디 갔느냐~'

그래, 그 쓸쓸함이었던 것을
이제는 제 둥지 찾아
모두 다 떠나 버린 뒷자리에
홀로 남은 텅 빈 가슴
그 허전함을 읊었던
어느 시인의 노래였던 것을…

불효한 그 형벌

불탄 꽃밭
퍼붓는 소나기
번개치는 어둠이었네
아득한 그 현기
벌겋게 녹슨 레일을 달리며
쓰러질 듯 허위거린
내 삶의 파노라마～

천지분간 모르는
바람 같은 사람
돌개바람 다시 이는
바람의 터에서
습기 찬 입술 훌쩍이던
그 긴 세월의 다리

누구를 원망하리
등 푸르던 젊은 날의 교만이
바람 따라 출렁거린
불효한 그 업보業報
근본根本을 무시했던
인과응보因果應報인 것을…

가시나무새

눈먼 사랑
봄바람 살랑이며
손짓하던 가시나무새
그 휘파람 소리
베토벤의 운명처럼 열광하던
환상의 오케스트라
오, 그것은 슬픔을 동반한
내 운명의 전주곡이었네.

마침내 막이 열린
내 인생의 무대 위에서
원색의 가시나무새
천千의 가시로 찔러대던
밤의 환락, 그 연주에
낱낱이 찢긴 가슴앓이
서늘한 우울을 끌고 다닌
검은 바다 먹빛 세월이야

삼백예순닷새
잎잎을 쪼아대던

둥지 속의 가시나무새
오, 그 축제에 가슴 찢겨
주룩주룩 흐르던 눈물
주검이네, 주검이네 흐느끼며
피 눈 밝히던 밤은
달빛도 서러워 고개 돌린
불 꺼진 창이었네.

바닷가에서

봄, 여름, 가을 지나
서릿발 이고 앉은
황혼의 바닷가
무색하게 빛깔이란 빛깔은
다 벗은 겨울나무
그래도 벗어야 할 허물
그 껍질 또 남아 있던가.

그 바람
인연의 고리 속에
속내 감춘 돌개바람
사근거린 날갯짓에
무게 없이 실려 온 바닷가
바보처럼 울려고 내가 왔던가
오호라! 솜털 돋게 하는
눈물의 장송곡이여!

어둡던 지난 여름
장대비 주룩주룩
소매 끝 적시던 눈물

아직도 남아 있었던가
오고가는 인정의 안부 속에
비릿하게 안겨준 돌개바람
그 삭풍의 눈물이여.

겨울나무

바닷가에 앉아
석양 놀빛 바라보는
눈망울이 시리고 아프다
살아온 세월만큼
젖은 한숨 길게 끌고
어디쯤이냐고
어디쯤 왔느냐고
뒤돌아보는 내 삶의 칠십 계단

이제는
추억조차도 슬픈 불나비
그 연분홍 빛 사랑
봄바람에 살랑살랑
미소 짓고 스미더니
잎새 무성하던 여름
히죽히죽 웃어대던 날갯짓
오, 그 태풍의 일기예보

마침내
장대비 쏟아져 내리던

그 긴 여름
휘장 찢긴 새둥지
바람에 휩쓸리고 또 휩쓸리며
울며 떨며 치솟던
그 새까만 밤의 경련
오, 그 칠흑 같은 무덤 속
소복녀의 흐느낌이었네.

그토록
죽음 같은 적막
헌 살의 비늘 떼어내며
몸살 앓던 세월의 징검다리
훌쩍이던 그 여름 지나
외기러기 울며 지새우던
그 텅 빈 가을 밤
달빛에 그네 매고 너풀거린
가슴앓이 낱말
가난한 붓대가 흐느적거린
무성한 슬픔이었네.

오, 그 외기러기
온밤을 불사르는 촛불처럼
뚝뚝 떨치던 눈물의 낱말
아프게, 아프게 건져 올리던 붓대
가슴 젖는 흐느낌이다가
때로는 자랑할 것 없는
가난한 먹물의 깃발 펄럭이며
이만큼 끌어당기는 반짝임
오, 그것은 오늘을 살아가는
유일한 내 삶의 존재 이유였네.

찬란한 슬픔의 꿈

참으로
죽음 같은 적막
헌 살의 비늘만 살아남아
뒤돌아보는 세월의 강물에
속살 아프게 드러낸 여자

오, 철썩이는 고통의 바다
가슴 닫아온 적막
밤의 불빛 반짝이는
낙도의 등대지기처럼
밤의 고독 달래는
찬란한 슬픔이라던가.

오늘도 철썩이는
귀에 익은 파도 소리
오, 그것은 피할 수 없는
내 삶의 운명 같은 것
출렁이며 흘러가는 파도처럼
참으로 파란만장한 총천연색
더 없는 걸작품일 수밖에

한승연 시집

그러나
이 세상에 그 누구도
흉내낼 수 없는
만고에 없는 걸작품
한 폭의 수채화로 그려두고 싶다
꿈을 잃어버린 삶은
죽음인 것이기에…

오늘도 살아 가는 존재 이유

무지개 약속

멈출 지 모르는
장대비 주룩주룩
칠흑 같은 어둠이었네
칠십 계단 허위거린
내 삶의 파노라마

눈시울 젖어
남모르게 훌쩍이던
그 긴 세월의 다리
가슴은 언제나 질펀한
불 꺼진 창이었네.

살아온 한 생의 삶
고통의 바다 철썩이는
눈물일 것을
하늘은 출생에서부터
예시했던 것일까

태어남의 시작부터
산모가 겪어야 할

해산의 진통 그 삼일
온 동네 소란을 피웠다는
이 애물단지 목숨

마침내
어머니 졸도시킨 초상 마당
무지개 뻗는 순간
기적 같은 울음 달고
고개 내민 목숨이었다니

오호라! 비온 뒤에
청명한 날을 알리는
성서 속의 무지개 약속
조용히 믿어 보고 싶다
기도하는 마음으로…

흰소리 팔자 태몽

그래, 그처럼
숫자 계산 속 없는 머리
그 정신머리를 가지고
무슨 글을 쓴다고?
하긴 그조차도
계산되지 않는 머리
무식이 용감하다고
주절주절 귀신 씨나락 까먹는
그 흰소리나 주워 담고 앉아 있는
오늘 내 이 모양새가 타고난 팔자로
내 운명이라는 것 아니겠어.

계산 속 없는 머리
세상살이 고달프고 불편해서
속박 없는 대자유, 그 계산 없는
아가페의 사랑을 추구하며
심원心願의 기쁨을 얻기 위해
순결무구한 무한의 세계
그 유성을 찾아 흐느적거리는
계산 속 없는 하얀 날갯짓을 하고 있다네.

그것이
이 세상에 태어난 나의 운명
그 타고난 팔자임을 예시해 주듯
어느 날 밤
아버지의 꿈에 대문 밖에서 들어온
하얀 돼지 한 마리가
아버지의 바짓가랑이를 물고
놓아주지를 않더라는 것이 한 물건
세상에 고개 내밀게 될 것이라는
예시적인 그 태몽 꿈이었다니
역시 세상물심 없는 흰 머리
그 누구도 못 말리는 흰소리나 주절거리며
세월 태우고 앉아 있을 수밖에…

한 송이 연꽃처럼

바닷가 축축한 수초水草처럼
천지天地의 바람이란 바람은
다 쓸어안고 속살 앓는 여자여
그래, 더 앓고 세상을 보아라
아직도 다 보지 못한 세상 있어
눈먼 바람 따라 흘러왔느니
연꽃은 벌레들 우글거리는 진흙 밭
그 어둠 속에서 오만 벌레들에게
물리고 깨물리며 몸살 앓고 피어난다는 것
그처럼 제멋대로 깨물고 핥아대는
벌레들 입질에 연근蓮根은
구멍이 뻥뻥 뚫려 있는 것이라니

어쩌다가 바닷가
진흙 밭에 흘러 들어와
아프게, 아프게 진통 앓는 여자여
더 많이 아파라, 그 고통이
한 송이 연꽃을 피워 내기 위한
하늘의 은총 축복이라고
한 손에 연꽃을 들고

제자들이 보는 앞에서 말없이
빙긋이 웃어 보이셨다는 붓다의 웃음은
진흙 속에 고개 내민 불보살의 형상
진공묘유眞空妙有 법음法音의 게송으로
칠흑 같은 어둠 속에 홀로 행하는
오체투지五體投地, 속세의 욕망 비워낸
공空의 미세한 틈새로
형형한 심안心眼의 빛
구천시방세계九天十方世界가
그 고통을 통해 열린다는 의미를
오늘 다시 되새김질하게 하면서…

시인詩人이라는 두 글자

금력金力이 왕王이라
돈이면 숫처녀도 골라서
품고 잔다는 재미있는 세상
인간 정신 내면세계
신선한 바람 일군다는
선비들의 문자文字 놀이마당

그 역시도 시절 따르는 유행인가
입장료 낭창하게 지불한 망둥이들
너도 나도 들어와 날뛰는 세태라고
어느 시인 선생님 한숨 섞인 푸념이
시詩란, 말씀 언言변에 절 사寺자로
마음 닦는 소리거늘
에로스 저 너머에 음흉한 군침
쩝쩝거린 그 별개의 낱말 몇 줄
비릿한 웃음 히쭉거리며
밤참거리 못 잊어 그리워하는
그것도 사랑의 시라며 비잉빙 둘러서서
박수를 보내며 탈춤 추는 세태에
제발 내 이름 앞이거나 뒤에 시인이라는

그 두 글자 좀 붙이지 말아달라며
시인은 무엇을 하는 자인가, 그리고
시詩는 우리들에게 왜 필요한 언어창조인가
그 회의와 함께 다 글인 줄 아느냐는 발표에
더러는 뒤에서 입 삐쭉거리며, 못 말리는
독불장군이라는 비난도 있었지만
그러나 여전히 아니 옵네, 아니 옵네 하고
그 선비 마당 정화를 위해
칼을 뽑아 들겠다고 호언장담하시며
그처럼 문학 동네 깃발 흔드시던
문단의 큰 별 이규호 선생님!

마침내
불끈 쥔 칼날 같은 펜대
이윽고 한국문단 정화를 위해
'문단 포럼'을 설립 선포하시고
이제 그 뜻 이루시려나 보다 했더니…
안타깝게도 신병으로 세상 떠나시고
뒷자리에 허탈하게 남아있는 이야기는
참으로 이 시대 선비정신 반듯하게

오늘도 살아 가는 존재 이유

살아 있는 선구자적인 외침이었다고
은근히 그 생각을 같이 했던 선비들
그 숨결 머물렀던 자리 뒤돌아보며
못내 아쉬워하고 있었다.
망둥이들 비릿한 입질 놀이 세태에
싸구려 도매금으로 넘어가겠다고
눈살을 찌푸리면서…

천사의 미소

비릿한 살 냄새
그 현기 때때로 곤두서는 바닷가
벼랑 위 고개 숙인 할미꽃
그 텃밭 속으로
하늘 담긴 눈동자 같은 산들바람
오, 그 천사의 옷자락 살랑대며
방싯 웃고 다가서는 미소
김 집사라고 하던가

그래, 그 미소였네
성서 속에 등장한 천사
보편적인 사람의 모습으로
함께 밥도 나누어 먹고
서로 이야기도 주고받았다는
그 천사의 미소, 참으로
오악탁세五惡濁世에 십리를 가다가
사람 하나 겨우 만난다는
그 현자들의 말이 더욱 실감나는
오늘, 비릿한 인간 살 냄새 속에
신선한 웃음을 바라볼 수 있다니

어둠 속에 반짝이는 기쁨이 아니던가.

인간과 사람의 차이는
하늘과 땅만큼의 차이로
출렁이는 인간 본성本性의 오욕칠정五慾七情
그 출렁거림을 다스릴 수 있을 때
비로소 동물성정을 벗어난 인격자로
질서를 아는 '사람' 이라고 했음인데
그 인격의 사람의 도리道理가
무엇인지도 모르고
인간 본성本性 그대로
저 잘났다고, 알아달라고
고개 뻣뻣하게 세우고 설쳐대며
키득거리는 인간 동물농장 속에서
그처럼 미래에 펼쳐질 것이라는
지상낙원 세계를 주고받으며
세상살이 비록 고달프고 외로워도
우리에겐 하늘의 약속이 있고
또 그 약속을 믿기에
축복받은 사람들이라고 웃음 웃는

참으로 오래 간만에 만난
사람 같은 사람, 김 집사
그래, 우리들의 만남은 우연히 아니라
하늘의 축복이었네
좋은 날을 기약하는 그 약속으로…

홀로 가는 길

오악탁세五惡濁世
천지개벽이 가까워질 때
선천先天에 오고간 조화신단뿐만 아니라
구천 하늘을 오르지 못했던
탁한 영혼靈魂 잡귀신들까지
몽땅 다 지상으로 내려와
하늘이 빈 공간이라는 말세末世
그 조짐인 듯 도처에서
영악한 잡귀신들 떼로 몰려다니며
비릿한 입질의 말 냄새가
악취로 눈살을 찌푸리게 한다.

그런 오늘, 선심 쓰는 듯
색색色色으로 바람 일구는 그 속에
함께 동참하자는 손짓의 미소微笑
아이고 사람 살려요!
그 소리가 목젖까지 올라왔다가
꿀꺽 넘어가면서
홀씨가 그 놀이판에 나가서
무슨 헛소리를 들을려고?

요즘 세태가
유부녀 애인 없으면 희귀종
과부 애인 없으면 천연기념물이라는데
제 눈꺼풀에 씌운 안경 색色 그대로
입질하는 세상, 이미 보아온 터
수행하는 스님처럼 머리 깎고
세상을 본 듯 만 듯 가슴 닫고
살아온 그 세월
십여 년이 흘렀음인데

뒤늦게
모양새 버릴 일 있는가
특히나 헛소리 입질 잘하는 망둥이들
나더러 어떻게 견제하라고
혼자 가는 길이 외롭고 쓸쓸해도
그 고독이 오늘 살아 숨 쉬는
내 영혼의 존엄성과 소중함을
은은하게 다시 일깨워 주는 초록빛
그 대지의 향기로, 매순간
내 영혼을 일깨워주고 있음인데

무엇을 더 얻고, 무슨 영화榮華를 보자고
그 아수라장 같은 동물농장 울타리
기웃거리며 들어간단 말인가
부처님 말씀에 말벗할 길동무 없거든
'외롭고 쓸쓸해도 무소의 뿔처럼 혼자서 가라'
그 말씀이 오늘 나를 자성自性하게 하는
유일한 길동무인 것을…

내게 주어진 업장

검게 탄 진실
밤을 밝히는 습기찬 눈 끝에
별들이 가만히 내려와 소근거린다
인간 영혼 성숙을 위해
하늘이 각 사람에게 준다는 고통
그것이 감당하고 짊어져야 할
운명의 고난으로
그 십자가라고 하던가.

하늘이 내게 준
풀어야 할 운명의 숙제
그 별난 십자가의 텃밭
열려진 사실 앞에 헝클린 머리칼
파도의 몸짓을 내가 흉내 낸다
유선을 타고 달려오는 얼빠진 소리
천근 만근 억장 무너져
귓밥을 털며 아프게, 아프게
노려보는 눈동자를 바다가 덮는다.

파닥이는 슬픔

실낱같이 떠는 눈 끝에
아득하게 매달리는 원색의 스크린
오, 그 별난 종자 씨 밭
내가 쟁기 매고 갈고 닦아야 할
그 업장으로 주어진 것이라니
오직 밤의 환락 속에 휘파람불며
사랑밖에 난 몰라 하던
만고에 대책 없던 밤의 불나비
그 흔적 뒷자리에 남겨 두고 간
그림자 둥둥 떠다니며, 여전히
검은 비밀 감싸 안는 소리, 소리에
그 열기 식히지 못한 울화통
헐떡거림으로 푸득이는 내 입가에
오, 뜨겁게, 뜨겁게 내뿜던 열기
마침내 벌떡 넘어져 사람 살려!

그 비명 소리 듣고 달려온
119 구급차에 실려 가야 했던
그 아득했던 순간 죽음이네, 죽음이네
하염없이 솟구치던 눈물이

철썩이는 파도, 그 한 알 모래로
풍덩 잠적해 버리고 싶어 하는 유혹을
뿌리치게 가만하게 들려주는 소리
주님의 십자가 바라보라며 달래시는
어머니의 간절한 기도 소리였네
칵칵 숨 막혀 오는 불길일지라도
기필코 내가 다독이며 풀어야 할
운명의 숙제로 그 업장業障이라고…

천직 天職

온갖 색색으로 너절하게
담장 기웃거리는 휘파람소리
찍찍거리는 쥐방울, 살쾡이
먼지벌레, 그리고 고추잠자리야
나를 선택하지 마라
세상 속에 별 볼 일 없는 존재지만
그러나 아직 정신만은 살아 있거늘
어찌 죽은 목숨처럼 내 살점이
새참거리 먹이가 되어 주겠는가.

얼빠진 눈알
그 살점의 육보시 肉普施도
끈끈한 어둠 속 눈먼 송장들이나
할 수 있는 제물이거든
아직 난 정신 놓지 않은
묘한 물건으로 살아 숨쉬며
세상 진풍경을 보고 앉아
이렇듯 속절없이 껄껄껄 하고 웃으며
하나쯤 덧니가 있는 시를 쓰고 있네 그려.

그 모습을 빗대어
빛 좋은 개살구라고 한다던가
한 세상을 살다가 보면 가끔은
빛 좋은 개살구 고목나무에도
눈먼 바람이 살랑거리며
아편 꽃 같은 달콤함을 발라대며
그 엷은 간지러움 살랑거리다가
꺼칠한 무색함에 수작을 멈추며
삐뚤하게 돌아서는 뒷모습
햇빛을 가린 안개 속으로 스미며
묘한 실타래의 여운을 남기고 간
그 바람, 바람 소리.

그 살랑거림
거듭 거듭 보아온 빛 좋은 개살구
볼 것, 못 볼 것 다 구경하고
오늘은 다소곳이 옷깃 여미며
무심하게 내려다보고 앉아있는 언덕
반쯤은 귀신鬼神이 된 노년의 마당에
무슨 소득을 얻자고 기웃거리는

그 바람 같은 빈 지겟다리, 쩝쩝…
볼쌍 사나운 이야기거리로
빛 좋은 개살구 고목나무에
대롱대롱 목 매달 일 있는가.

하늘이 내게 주어진 천직天職
가난한 넝마주이 직업으로
출렁거린 오만 가지 삶의 쓰레기
손가락 꼼질거리며 펴 담고
정리하기에도 쫓기고 바쁜 시간
바람의 일상처럼 살랑대는 그 바람
가슴 열고 마주 앉아
노닥거릴 시간 있게 생겼는가
죄罪떼가 나자빠진 동물농장
한 묶음씩 내장의 거품 핥아 버린
어지러운 자유의 비릿한 쓰레기
그 일체의 모순을 정리하기에도
이처럼 쫓기고 바쁜 시간에…

내 살점의 아픈 노래

오늘밤도
달빛 외로운 언덕에 홀로 앉아
내 살의 저울 달며
화주잔火酒盞 홀짝이네.

바람 가르고
가늘게 떠는 수풀
아라비안나이트도 기어 나오고
별똥별 쏟아지네.

로렐라이 언덕이 아닌
아슬한 낭떠러지, 놀란 혼魂
두 눈 곤두서는 핏줄에
소나기 쏟아지네.

오, 마디마다 닫힌
활활 단 목숨이 바닷물 끓이며
하늘 훔치는 화주잔火酒盞에
천둥 번개치네.

오늘도 살아 가는 존재 이유

오, 그 불씨로다

출렁이는 불씨
돌개바람 텃밭 불지르는
그 소리였던가
속옷 적시던 강물의 흐름이
먼 산천 돌아와
그처럼 뜨겁던 한여름
뜰 앞에 퍼붓던 소나기 한 소절
그 해묵은 고백을 동반하고
아프게, 아프게 되살아난다.

그렇게 빨갛게 오한 드는
이상한 꿈을 여전히 그대로
잉태하고 있는 가엾은 불씨
먹장구름 속에 안타깝게
사라진 꿈 원망하며
투덜대던 나의 내장에
다시 뒤끓는 소리, 그 소리로
온밤을 피 눈 밝히게 하는구나.

이제는 태울 것도 없는

불타 버린 꽃밭 이끼 속에
그 악몽惡夢의 동동무動動舞
헌살 가르고 치솟게 하듯이
그토록 솜털 곤두서게 하던
그 아득하던 현기

다시 은근하게 꿈틀대는
내 분신의 핏덩이
그처럼 오지게 안고 있는
불투명한 밀어密語
석연치 않은 그 예감이
뒷구멍 썩은 계집 장난질처럼
얄밉고 서러워지는
오, 내 살의 눈물이여
가엾은 불씨여!

지옥의 문

어느 누가 결혼을
여자의 무덤이라고 했던가
행복의 문이 열린 듯
잎새도 수줍던 그 봄날
복사꽃 볼우물에 화관 얹고
꿈꾸듯 내려감은 두 눈
예쁜 아장걸음 사뿐히
걸어 들어가게 하던
그 결혼행진곡

그러나
그 결혼행진곡이
여자의 일생, 그 무덤을
장례하는 구슬픈
눈물의 장송곡이 아니라
전생前生의 원수가 만나
피눈물을 쏟아야 하는 고통
그 지옥문을 여는
운명의 전주곡이 아닐까.

고등종교 스승 예수께서
"네 원수가 네 집안에 있느니라"
그리고 또 이어서
"네 원수를 사랑하라"
그 말씀은 분명히 전생에
원한 맺힌 원수끼리 만나
그 매듭 풀어야 함을
내포한 말씀이 아니겠는가.

그 뜻이 또한
불가佛家에서 말하는
삼세인과법三世因果法이라
현생現生에서 운명적으로 만나
그 원한 맺힘 사랑으로
풀어야 하는 것이
부부夫婦 인연因緣으로
공자께서도
수신제가修身齊家 이후 치국평천하治國平天下
그 말씀의 뜻 역시도, 귀결은
유불선儒佛仙이 하나로 관통하는

그 가르침이 아니시던가.

하지만 인간의 본성本性
그 오욕칠정五慾七情이 출렁이고
난무하는 세속世俗에서
성현들의 가르침 그대로
인간 본성을 다스린다는 것이
누구나 어디 쉬운 일이던가
덜덜 떨려 오는 입술이
아이고 저 원수!
그 비명에 잇달아서
입에 거품 물고
저 원수 같은 새끼!
눈에 힘줄 세운 날들이
뜨거운 불지옥에 갇힌 고통으로
그것이 여자의 일생, 아니
인생 한세월의 삶이 아니겠는가.

그 불지옥에서
사랑을 이루라고 하신 예수께서

"천국이 여기 있다, 저기 있다 하지 말라
천국은 너희 마음에 있느니라"
그리고 하신 말씀이
"사랑의 빚 이외는 지지 말라!"
그 말씀의 깊이를 이렇듯
오늘 다시 묵상해 보게 한다.
그 불지옥에서 통곡해 왔던
지난날들을 되돌아보는 시간 속에서
공자께서도 역시 제자들에게
"하늘이 큰 사람을 만들기 위해서는
뼈를 깎는 고통을 준다"
그 말씀의 의미를 다시 되새겨 보게 한다.

그런 오늘
새삼스러이 그처럼 대책 없이
원수 같았던 사람이 내 영혼을
그 불지옥 속에서 매일 매 순간
갈고 닦아 준 고마운 사람으로
입가에 미소微笑를 짓게 해 준다.
인간의 한시적인 삶 속에서

오늘 내 자신의 존재를 파악하게 하고
실존의 세계에 눈을 돌리게 하면서
물질은 일만악─萬惡의 뿌리로
헛되고 헛되며 거짓이 만연된
세상이란 것을 크게 일깨워 준
그 고마운 스승으로…

76

지리산 소고

소우주라는 인간은
참으로 신묘한 물건으로
대자연과 고리를 잇고 있는 존재라고 하던가
오늘도 우주는 생멸변화를 거듭하고 있고
소우주라는 인간 역시도 우주의 파동 속에서
일생의 경영을 끝내고 밤하늘에 사라지는
그 별똥별처럼 생멸변화를 거듭하고 있는
인간 생명체라니

그처럼
대우주와 고리를 잇고 있다는
인간 생명체는 동물과는 달리
무한의 세계라는
그 영원성의 빛이 자성自性으로
속사람 영혼 생명의 불씨임을 깨닫게 될 때
비로소 자기 내부의 영원무궁한 세계
그 신성神性을 회복한 완성체完成體로 탈겁되어
신성을 이루게 된다는 것이 시대와 나라를 달리 하고
동서東西로 오고간 성현들의 가르침이라고 했네.

그것이 본자연으로 존재하시는
우주만물의 통치권자 하나님의 섭리로
우리 배달민족의 경전 천부경天符經에서
'본심본태양本心本太陽 앙명인중昂明人中 천지일天地一' 이라
그 묘사는 인간이 수행의 정진精進으로
그 섭리를 깨닫게 될 때, 그 자각自覺이
본자연하신 하나님과 같은 성정性情의 불씨로
그 능력행사를 하게 된다는 모델이
고등종교 스승 예수께서 보여주신 생체부활이며
또한 수행으로 정각을 이루신 붓다께서
그 깨달음의 순간에 하셨다는 말씀이
그 유명한 '천상천하天上天下 유아독존唯我獨尊' 이라
모두가 같은 이치理致에서 하신 말씀이 아니겠는가.

공자 성현 역시도
그와 같은 맥락에서 체성복귀體性復歸라
인간 육체는 생로병사生老病死로 소멸되는 에너지체지만
영혼의 초월적 각성으로 생명의 우주 순환에너지
그 파장기운이 육체에 연결되어 있는 것이기에
현상세계와는 무관하게 본체로 회귀回歸

지향하게 된다는 것이 도가道家에서 말하는
신선세계며, 기독교에서 말하는 지상천국시대
그리고 불가佛家에서 말하는 미륵용화세계彌勒龍華世界로
그 용어상으로만 다를 뿐이라고 했다네.

그와 같은 우주 본자연의 섭리를
일찍이 조상들로부터 배워 온
배달 한민족 풍류도風流徒는 자연과의 교감으로
모든 생명의 성스러움을 인정하고 배려하며
서로가 조화를 이루는 평화의 협동정신으로
만물을 사랑하신다는 하나님 우주정신이며
하늘나라 천법天法으로, 그 사랑의 결실을
이 땅에 펼쳐 지상천국이 건설될 것이라는 용어가
홍익인간이화세계弘益人間理化世界라
이렇듯 성현들의 가르치심은
모두가 한결같이 그 세계에 들어갈 수 있는
완성체로 거듭나야 한다는 것이었고
헛되고 헛된 세속에서 기만의 눈을 돌려라!
그리고 영원한 것이 무엇인지 찾으라고 하신 것으로
예수께서 "찾으라! 얻을 것이요, 구하라 주실 것이라!"

그리고 "네 마음을 성전 삼고 늘 깨어 기도하라"
하신 그 말씀의 뜻, 귀결은 결국
인간 생명의 실체가 무엇인지를 깨달았을 때
비로소 신神의 성품을 이루게 된다는 것으로
"너희 믿음대로 이루어지리라"
그 믿음이 곧 예수와 같은 능력 행사를 할 수 있는
성인聖人의 반열에 들어가게 된다는 것으로
그처럼 세속에서 자성自性하여 신성神性을 이룬 자들
그들 가슴 속에는 참 사랑의 정수가 알알이 녹아 있어
타인의 생명 속에 깃든 빛깔을 자연스럽게 존중하고
화합할 줄 아는 그것이 하나님의 우주정신으로
그 사랑을 이룬 자들!
그들은 영혼생명의 기운이 살아 있기 때문에
영원히 죽지 않는 신선神仙 세계에 들어가게 된다는
그 우주 메시지가 예언자들에 의해서
지구 인류에게 전해진 미래의 기쁜 희소식으로
그것을 소망으로 삼으라고 한 진리의 말씀이
성현들의 가르치심이 아니겠는가.

그것이 처음과 끝이라는

알파와 오메가의 하나님
그 우주 섭리하심으로 그처럼 죽지 않고
영생불멸한다는 불로불사不老不死의 시대가
이 땅에 도래到來한다는 그때에
우주 근본의 이치를 통달하고 깨달은 자들이
미래 세상에 모여 살게 된다는 그 지극한
영적靈的 예지叡智의 중추 역할을 하게 된다는
지구 중심의 자궁혈子宮血 생기生氣의 터가
선천先天에 천상의 신들이 지구에 내려와
물질계를 열었다는 간방艮方으로
해가 뜨면 제일 먼저 비친다는 동쪽 한반도
그 남방南方에서 인류를 구원할 정신문화가
열리게 된다는 현자들의 예언이, 놀랍게도
그 텃밭 자리가 혼란과 분열의 시대, 그처럼
상극과 대립이라는 난관에 빠져서 비극적으로
그 피 흘림이 그토록 심했던 호남湖南 땅
예禮를 구求한다는 구례求禮 지리산 맥脈을 중심으로
영적 감성의 정신문화를 이루는 그곳이
지구촌 인류가 조화를 이루는 풍요의 터전으로
세계의 주역이 될 것이라니

오늘도 살아 가는 존재 이유

참으로 하늘 축복받은 코리아!

오늘 우리가
이 터전에 태어남이 놀랍고
또 경이로울 수밖에 더 있겠는가
그처럼 하늘의 뜻이 예정되어 있다는
지리산의 생기生氣는 태초의 우주 에너지 빛으로
우주만물을 생성시킨 고차원적 천기天氣와 지기地氣가
하나로 뭉쳐 저장되어 있다는 칠보배합의 보물산으로
지구 중심의 자궁혈로서 미래에 지상에 열린다는
그 지상낙원의 본원本源이 된다는 현자들의 예언이
알파와 오메가 하나님 그 약속의 메시지라니

하나님의 그 뜻이
이 땅에서 이루어진다는 지상천국시대
그 예견이 또한 예수께서 하신 말씀으로
"너희가 중언부언 기도하지 말고
하늘의 뜻이 땅에서 이루어지이다"
그렇게 기도하라고 하시고, 그 뜻이 땅에서
이루어진다는 그때에 '예수'가 아닌

새 이름으로 다시 오실 것이라는 그 시대가
천지개벽의 말법시대末法時代로 정법正法의 왕
미륵용화세계가 도래到來하면, 정도오령正道五靈
그 찬란한 화엄華嚴의 운기運氣가
한반도 남방南方 지리산 맥脈에서 발원發源하여
그 정신문화의 불꽃이 마침내 세계로 점화되어
그 옛날 지구촌에 찬란한 '동방의 등불' 로
다시 우뚝 켜져 세계 중심의 나라가 될 것이라니
그토록 엄청난 미륵포태彌勒胞胎 기운이
감싸고 있는 지리산이라 하여 영산靈山
삼신산三神山이라고도 했다던가.

예로부터 전해지는
그 예견의 비결서秘訣書마다
그처럼 엄청난 이야기를
깊숙이 간직하고 있는 지리산
아침 햇살이 잠들었던 숲을 깨우면
잎잎을 사운대며 날아오르는 새소리가
그 옛날 신선들이 감로주를 마시며
신선한 우주 생기生氣를 호흡하고 놀았다는

그 태고의 음악 같은 숨소리를 살랑거리는 지리산은
우주의 근원 자미성紫微星과 고리를 잇고 있는
지구 중심의 자궁혈로서 후천세계에
만생명을 살리는 방주역할을 하게 된다는 것으로
지리산의 그 지명이 또한 방장산方丈山으로
그 숲속에 신선神仙들이 비밀하게 묻어두었다는
천지도술의 이야기는 세속에 묻혀
그냥 그렇게 갇혀 살아가기를 거부하는
우주 의식이 꿈틀거리는 수도자들이
그 무한의 세계를 꿈꾸며
질펀하게 아픈 세상살이를 저만치 뒤로 두고
영혼의 고결한 신성을 추구하기 위해
오늘도 줄을 잇고 있다는 거 아닌가.

얼마나 아름답고
순결무구한 몸짓들인가
인간의 몸속에는 대우주와 통합할 수 있는
신성神性을 자각하게 하는 영성적 기관이
누구에게나 내재되어 있기 때문에
나라는 생명체가 우주 속에 과연 어떠한 존재인가?

그 정신적 혁명의 깨달음을 얻기 위해
오늘도 그 산정을 오르는 눈빛 몸짓들이
이미 세상을 초월한 듯이
지리산 자락에 새 둥지를 틀고 앉아
한겨울 언 땅을 비집고
아프게, 아프게 피워내는 매화꽃
그 신선한 숲의 이야기를 주고받으며
세속에서 묵은 때 훌렁 벗는 그 촉감
새로운 촉감이야, 신선함이야
떠들어대는 입술에 그 옛날 신선들이
감로주를 만들어 마셨다는 독특한
지리산 생기生氣의 산수山水를 홀짝이며
그 물소리처럼, 그 맑은 공기처럼
신선들이 주고받았다는 용화미륵세계
그 비밀한 이야기를 주고받고 있는 것이라네
그 우주 생기生氣 발산하는 웃음의 향기로…

신명의 넋으로

오곡백과 풍성한 내 고향 호남평야
겨레의 동맥, 꿈의 산실이었네
그처럼 어둡던 민족 시련기에서
그때마다
이 터전의 씨알들 짓밟히고 짓밟혀도
알몸으로 심지를 돋궈 봉화를 올렸던
참으로 이 나라 지켜 온 구국의 선혈
정녕 우리는
이 터전에 흐르는 맥의 분신으로
이제 새날이 밝아오는 문턱에서
그 씨알 그 인내는 태양보다 붉고
그 기상 그 기개 청산보다 푸르렀으니
오, 너와 나
온누리 맞아들일 넉넉한 가슴
새 밀레니엄 끌고 갈 뜨거운 가슴

야호!
대답해 보시게나
고난으로 영글어진 신명의 터전에
이만한 멋과 향기 또 어디 있으리

참으로 타는 목마름 적시던 무리의 함성
오, 신명의 넋들
오늘은 소리 높여 '야호!' 를 외치나니
아득하던 남북이 화합으로 문을 열고
떠돌이 별로 살아온 이야기를 모으리
희망찬 새 역사의 수레바퀴를 돌리리
세계 속에 빛날 '동방의 등불' 코리아!
그 내일을 위해…

너는 동방의 등불 되리

오, 누가 말해 주었던가
아~리 아~리 아리랑亞理朗
아득한 그 옛날 그 옛적에
백두산 천지못 박달나무 아래로
빛난 하늘 구름 타고 오셨다는
배달민족의 한님
천지못 언저리에
천손 꽃씨 심어 놓고
천지화天地花로 자라서 지구촌이 하나로
홍익인간弘益人間 이화세계理化世界 이루라고 하시었네.

이 날이
상원 갑자 상달 상날로
천손 뿌리 심어진 경축일이라니
오, 그 사랑 숨결이
이 터전에 정기精氣로 살아 있어
그 옛날 아시아의 황금시기에
세계를 주름 잡고 빛나던 코리아
그 등불 다시 또 켜지는 날에
찬란한 동방의 밝은 빛이 되리라

오, 누가 말해 주었던가
놀라운 그 축복
하늘 섭리가
아시 땅 불 밝히던 천손민족
이 터전에 심어진 뿌리의 정기로
처음과 끝이라는 알파와 오메가
홍익인간弘益人間 이화세계理化世界 지상낙원국가
마침내 이 터전에 이루어진다는 것을…

배달의 얼

아득한 그 옛날
이 땅에 하강하신 우리의 한님
천지인天地人 대권주로
하늘 문 여시고
천신天神과 지신地神이
합일을 이뤄, 훠어이 훠어이
시월 상달 상날
개천開天을 하셨다 하던가.
흰 옷 무리 선민 삼아
홍익인간弘益人間 이화세계理化世界
이 땅에 건설될 지상낙원국가
유토피아 건설의 그 시작 아니었으랴.
태초의 천지부모
천신을 옹립하고 백두 산정 언저리에
하강한 삼천의 무리
선남선녀 노닐던
아름다운 강역마다
사시사철 풍류의 가무
태평성대 이루어
세계 속에 빛나는 동방의 문화

하늘 가무 풍류도風流道로
불 밝히던 땅이거늘
오, 어쩌다가
포수들의 사냥질에
더럽힌 땅 되었던가.
선열님의 피 값으로
풀려났던 그날은
북악이 날개를 펴고
한강도 휘몰아 들었다 하거늘
누더기를 걸치고 굽실대는
거렁뱅이 자유와
창칼로 빚은 피 묻은 자유와
그토록 얼빠진
입술만의 사랑으로
우리는 그 얼마나 통곡해 왔었던가.

그 뿌리 잎새들
열정과 냉정 사이에서
죽음보다 더 깊은 절망으로
다리 끊긴 강가에서

길 막힌 산속에서
쓰러져 간 형제들을 위해
오늘은
빛바랜 깡통의
계급장일랑 떼어내고
사무친 원한들을 조용히 묻자
오, 배달의 후예들이여!
배달의 후예들이여!

나무도 뿌리가 있으므로
잎새들이 있는 것
어쩌다가 우리는
그 뿌리 고마움을
그리도 잊었는가.
오, 배달의 후예들이여!
먼저 간 자와 남아 있는 자
그리고 뒤에 오는 자들이
아스라이 영원에서
영원으로 이어져 갈, 그
생명의 띠를 잊지 말아야 하리

우리는 뿌리 없는 고아가 아니다
일만 년을 떠돌던
그 촛불의 바다 위에서
그토록 찬란한 동방의 등불이
이제 다시 그 용틀임으로
솟아오르려고 하고 있음을
잎새들이여, 아는가 모르는가!

오, 님이시여!
하늘 천손 심으신
배달의 님이시여!
그 뿌리 잎새들을 굽어 살피소서!
배달의 가슴에 꺼지지 않는 혼불이
세계 속에 높이 쳐들리기까지
참된 진리 평화의 말씀으로
새 시대를 여는 새날의 아침에
온누리 찬란하게 비추게 될
배달의 얼
그 뿌리 숨결을
오늘 다시 이 땅에 깨어나게 하소서
배달민족 코리아의 내일을 위해!

평화의 북소리

태초太初의 어둠 속에서
하얗게 빛나던 삼위태백三位太白 백두산은
이승과 저 세계의 모든 얼들에게
하나의 밝은 빛으로 우뚝 서 있다.
그 장대함, 그 불변함
그토록 시공을 초월한 의연한 모습은
천지인天地人이 하나로
하나님을 숭상하고
부모를 공경하고
이웃을 사랑하라는
영원불멸의 진리를 엄숙히 선포한다.

참으로 진실하고
참으로 선하고
참으로 아름다운
천지의 영산靈山 백두의 가슴은
금파 은파 만파 되어
자유와 평등과 사랑을 위하여
동서東西로 흐르고
남북南北으로 흐르고

마침내는 세계로
도도하게 흐르리라
천지天地를 뒤흔들던 거센 폭풍도
알파와 오메가 조화의 말씀으로
포효하던 바람의 깃발을 접게 하고
마침내는 그 앞에 잠잠하게 하리라.

오, 우리는 지구촌의 영산靈山
그 백두의 기적을 보리라!
21세기의 통일과
새로운 평화
그 고요한 아침과
어미 곰과 새끼 호랑이가 함께 뛰노는 것을
그리고 다시 고개 들어보리라.
흰 옷을 입고
흰 구름 타고
흰 돌 쌓인 백두산
천지天池 못 박달나무 아래로
옛 모습 그대로
가신 모습 그대로

홍익인간弘益人間 이화세계理化世界
그 말씀 그대로
원시반본原始返本이 동토에
불을 켜실 우리 님을.

시집詩集 묶어 마무리하면서

불가佛家에서 말하는 윤회輪廻
그것이 인과응보因果應報에 따른
삼세인과법三世因果法이라고 하던가.
그 이치를 설說하신 석가부처께서
"오늘 네 모습을 보면 전생을 알고
오늘 네 생각을 보면 다음 생生이 보인다"
그 말씀이 오늘따라 많은 생각을 하게 해 준다.
세상살이가 산 넘으면 눈앞에 또 산으로
사람에 따라서 정도의 차이는 있다 하겠지만
그러나 산다는 그 자체가 누구에게나 고통이기에
하늘을 원망하기도 하고, 투덜거리며
때로는 이 세상에 고개 내밀게 해 준
하늘 같은 부모를 원망하기도 하면서
아프게, 아프게 살아온 한 생의 삶이
전생에 깨닫지 못한 남은 공부가 있어
잠시 동안 죽음이라는 휴식을 취했다가
다시 돌아와 성숙되지 못한 그 부분
영혼 성숙의 교육을 받기 위한 인연의 고리
그 탯줄을 목에 감고 다시 몸을 바꾸어 태어난다는
인간 세상을 빗대어 석가부처께서는 고해苦海라

중생들의 영혼 닦음의 도장道場으로
고통의 사바세계라고 하셨다는 말씀에
고개가 끄덕여지게 한다.

그러한 불가佛家의 윤회설輪廻說
그 이치와 다르지 않은 맥락에서
기독교 성서 역시도 '생명록' 에 기록된 자들
그 이름이 있다고 했으며
그들이 다시 부활한다는 것을 계시적인
묵시록에 담아 두고 있는 것으로
오늘 이 세상에 태어남의 존재 이유
그 실상實像을 바로 깨달으라고 하신
성현들의 말씀이 내가 살아온 지나온 날들을
뒤돌아보게 하면서 고개 숙여 묵상하게 하고
세속에 팔랑이는 몸짓 옷깃을 다시 여미게 한다.
그처럼 커다란 교훈의 말씀 앞에서
위로가 되어 주고 있는 것은
그와 같은 진리의 말씀, 그 법을 듣고
깨닫는 것도 전생前生에 그 인연이 있어야
그 법法을 만나고 또 깨닫게 된다는 것이

붓다께서 하신 말씀이었고, 또한
그와 같은 뜻에서 예수께서도
"귀 있는 자는 들으라!" 하신 그 말씀은
육신의 배만 부르면 방긋거리는 어린 아이는
속사람 영혼을 성숙시키는 하늘나라 양식
그 진리의 말씀은 별 관심도 없고, 또 들어도
그 뜻을 이해할 수가 없다는 말씀으로
진화된 그 영혼 성숙의 몸 기운이 사람마다
각기 다름을 비유해 주신 말씀이 아니겠는가.

그것이 각 사람마다
이 세상에 타고난 운명론運命論으로
물은 물길 따라 흐르며, 오이씨는 오이를 낳고
호박씨는 호박을 낳는다는 자연의 이치에서
어느 스님이, '산山은 산이요, 물水은 물이로다'
그 뜻은 인간 역시도 자연의 일부로
그 한계를 나타내 주고 있는 것으로, 그러한
자연법칙에서 의해서 인간은 생멸변화를
거듭하고 있다는 것이며, 그러한 현상세계가
색계色界라, 인간 육신의 본능이 오욕칠정五慾七情으로

갈등과 분열을 초래하면서 죽음이라는
그 틀 속에서 벗어날 수가 없는 존재지만, 그러나
그러한 동물적 속성에서 벗어날 수 있는 고유한
인식의 감각기관感覺器官이 내재되어 있으므로
고등동물이라고 했으며, 그 감각기관을 통해서
공空이라는 영묘靈妙한 무한의 세계가 있음을
깨달으라는 가르침이 불가佛家에서 말하는
색즉시공色卽是空, 공즉시색空卽是色이라
눈앞에 펼쳐져 있는 현상세계에만 갇혀 있지 말고
고차원적인 영원무궁한 세계가 있음을 인식認識함으로
현상 세계만을 추구하던 동물적 속성의 의식이 새롭게
무한함의 세계, 우주의식으로 바꾸어진다는 것이
고등종교 스승들의 한결 같은 가르침으로
그 말씀을 듣고 갇힌 의식에서 어서 깨어나라!
그랬을 때 비로소 색계色界만을 추구하던
동물적 속성에서 벗어나게 되고
영원무궁한 우주 생명체로 탈바꿈되어
만물을 다스리는 영장체靈長體가 된다는 것으로
그 진리의 말씀을 듣고 ‘거듭남을 입으라!’
‘탈겁 되어져라!’ 그것이 죽을 수밖에 없는

사망의 자식들에게 주는 하늘 축복으로
인류구원을 하기 위해 세상에 출현했다는 성현들
그 가르침의 말씀으로, 오직 변하지 않는
그 하나는 진리의 말씀뿐이라고 한 것이며
그 진리가 우주와 만물을 창조했다는
태초의 빛, 그 우주 원소의 말씀 Logos로
듣고 깨닫는 자는 영생을 얻으리라! 그 외침이
기독교 스승 진리의 말씀으로 영생수永生水며
불교의 스승 붓다의 말씀으로 감로수甘露水로
듣고 깨닫는 자는 구원을 얻으리라! 하신 것이지만
그러나 세상을 크게 보고 물질만을 추구하는 자는
들어도 깨닫지 못한다는 비유로 예수께서는
"부자가 천국에 들어가기가 낙타가 바늘구멍으로
들어가기보다도 더 어려우니라" 하시고
"심령이 가난한 자는 복이 있나니 천국이 저희 것이요"
그와 같은 뜻에서 공자께서 하신 말씀 역시도
"하늘이 큰 사람을 만들기 위해서는 뼈를 깎는 고통을 준다"
그와 같은 성현들의 가르침이
오늘 다시 내 자신을 뒤돌아보게 해 준다.
그 진리의 말씀이 무한의 세계 원천源泉을 관통하고

그 목표를 지향하게 해 주고 있기 때문이다.

갈등과 분열이 난무하는 이 세상은
누구에게나 고통일 수밖에 없지 않은가
그 속에서 깨달음을 얻기 위한 진화의 과정이
윤회輪廻로, 이 세상에 다시 몸 바꾸어 태어날 때
목에 감고 나온다는 그 탯줄은
누구에 의해서가 아니라 각자가
전생에 닦아온 영혼 에너지, 그 몸 기운에 따라
고개 내민다는 씨밭으로 그것이 숙명적인
부모 자식 만남의 천연天緣의 고리로 자식은
전생前生에 갚아야 할 빚쟁이의 만남으로
가슴까지 다 주어도 고마운 줄 모르며
부부 인연이란 전생에 가슴 맺힌 원한怨恨을
서로 풀어야 하는 원수끼리 만난다는 것으로
예수께서 "네 원수가 네 집안에 있느니라"
그 말씀에 새삼 고개가 끄덕여지게 한다.
그 원한 맺힘이 이 세상에 와서 풀어야 할 숙제로
그 고통을 안고 울어 왔던 지난 세월, 참으로
대책 없이 팔랑이며 밤낮으로 찔러대는

그 원수를 사랑하라니…
내게 주신 그 말씀이 너무나 태산처럼 아득하여
차라리 죽음을 손짓하기 그 몇 번, 그처럼
꽁꽁 얼어붙어 있던 냉가슴을 녹이며 스며들던
그 한줌 햇살, 그것은 내 영혼의 구원으로
새삼스럽게 감사해 하며 다독이든 시간 속에서
때로는 그 말씀에 순종하고 따르기가 너무나도
힘겨워 '오, 주여!' 소리를 연발하며
밤낮으로 간구하며 쏟아내던 눈물의 기도가
마침내 밤의 환락 속에서 출렁거리다가
불치의 병을 얻고 돌아온 그 원수
그리스도 사랑으로 감싸 안고 회개시켜
저 세상으로 떠나보내던 날
구름 한 점 없는 11월, 그 병실 창문 밖으로
자신의 잘못을 뉘우치고 참회하던 그 생명
구원의 약속처럼 이야기로만 들어왔던
처음 보는 쌍무지개가 떠 있었다.

그처럼
내 영혼의 가슴을 넓혀 주고 떠난 사람

그 운명을 마감하던 날,
그 영혼을 위해 가족들이 불러주는
찬송과 기도 속에 한세월 쾌락의 생활
그처럼 뉘우치며 참회하고 떠나는
그 영원한 이별 앞에서,
다시 되새김질해 보게 하는 것은, 예수께서
"사랑의 빚 이외는 지지 말라" 하신 그 말씀으로
가슴 한 쪽 슬프게 남아 있는 것은
태산보다 높은 부모 은공을 모른 채
천방지축으로 불만의 낱말 톡톡 쏘아 올렸던
그 불효不孝, 갚지 못한 사랑의 빚으로 남아 있어
밤이면 가슴에 물기를 젖게 한다.
그처럼 불효했던 지난날을 돌아보게 하면서…

저자 한승연의 作述 약력

장편소설

- 데뷔작 《바깥바람》(1986년 3월 5일, 도서출판 남영사)
- 이데올로기 해부작 《그리고 숲을 떠났다》(1987년 5월 1일, 도서출판 한멋)
- 여인의 성심리와 사회부조리 고발작 《갈망》(1988년 8월 15일, 도서출판 장원)
- 한반도 역사의 주변열강 역학관계 분석작 《개천 그리고 개국》(1988년 9월 5일, 도서출판 문학시대사)
- 신과 인간의 고리 그 실체 분석작 《묵시의 불》(1989년 1월 10일, 도서출판 장원)
- 소설문학 영역의 확대작 《심상의 불길》(1990년 11월 30일, 도서출판 답게)
- 여인의 자리 찾기 작 《남자를 잃어버린 여자》(1993년 7월 3일, 도서출판 장원)
- 사람과 도인의 관계 분석작 《운명의 카르마》(2002년 4월 7일, 도서출판 마당문화)
- 한민족 가무의 파노라마 《꽃이 지기 전에》(2003년 6월 30일, 도서출판 한누리미디어)
- 광복 후의 역사와 반역사의 올바른 분석작 《역사의 수레바퀴》(2004년 5월 30일, 도서출판 한누리미디어)
- 한류열풍의 주역들 조명작 《빛으로 날고 싶었다! 》(2007년 1월 30일, 도서출판 모델)
- 근대사를 조명한 남북관계 분석작 《아! 무적》(2007년 4월 25일, 도서출판 한누리미디어)

오늘도 살아 가는 존재 이유

- 질곡에 처한 운명 속에 살아온 여인의 조명작 《어머니의 초상화 1, 2권》(2009년 6월 20일, 도서출판 한누리미디어)
- 민족혼을 일깨우는 역사소설 《매천야록上》(2009년 12월 31일, 도서출판 한누리미디어)
- 민족혼을 일깨우는 역사소설 《매천야록下》(2010년 9월 1일, 도서출판 한누리미디어)
- 기독교를 재해석한 야심작 《우주정신과 예수친자확인 소송》(2011년 5월, 도서출판 대원사)

사상서

- 인류시원과 동서 문명의 분석작 《성서로 본 창조의 비밀과 외계문명》(2002년 2월 25일, 도서출판 대원사)
- 인간의 운명이란 무엇인가 분석작 《운명의 카르마》(2002년 2월 4일, 도서출판 마당문화)
- 세계 칠대 성현의 뿌리 조명작 《성서로 본 칠성님의 비밀》(2002년 10월 3일, 도서출판 한누리미디어)
- 우주의 기원과 동서양의 종교 분석작 《우주통일시대》(2008년 5월 26일, 도서출판 한누리미디어)
- 배달민족의 뿌리 역사 조명작 《평화의 북소리》(2009년 1월 20일, 도서출판 한누리미디어)

시집

- 《소라의 성》(1986년 3월 15, 도서출판 남영사)
- 《내가 바람이고 싶어 했을 때》(1987년 6월 30일, 도서출판 문학시대사)
- 《황혼연가》(1997년 4월 10일, 도서출판 답게)
- 《내가 사랑하는 이유》(1996년 6월 5일, 도서출판 답게)
- 《묵시의 신곡》(1999년 8월 10일, 도서출판 한누리미디어)

• 《사랑하며 산다는 것은》(2002년 2월 10일, 도서출판 답게)
• 《등신불 수화》(2006년 12월 11일, 도서출판 한누리미디어)

수필집
• 《이중에서 가장 위대한 것 사랑》(1986년 12월 10일, 가톨릭 다이제스트)
• 《별이 된 가슴아》(1993년 9월 15일, 도서출판 세훈)
• 《슬픔이 안겨준 찬란한 약속》(2001년 9월 3일, 도서출판 마당문화)
• 《섬진강 파랑새 꿈》(2007년 8월 25일, 도서출판 한누리미디어)

수상경력
• 1995년 제3회 『허난설헌』문학상 《심상의 불길》 소설부문 대상
• 1996년 제3회 『열린문학상』《내가 사랑하는 이유》 본상 수상
• 2000년 『세계계관시인』 문학상 《묵시의 신곡》 평화대상 수상으로 시문학 박사학위 수위
• 2007년 제11회 한국문학예술상 《역사의 수레바퀴》 본상 수상
• 2008년 고조선 역사재단 제5회 단군문학상 수상

참여단체
• 한국소설가협회 회원
• 한국문인협회 회원
• 국제펜클럽 한국본부 회원
• 한국윤리철학회 연구위원

오늘도 살아 가는 존재 이유

한승연 시집

오늘도 살아 있는 존재 이유

•

지은이 / 한승연
펴낸이 / 김재엽
펴낸곳 / **한누리미디어**
디자인 / 지선숙

•

121-840, 서울시 마포구 서교동 395-13 서원빌딩 2층
전화 / (02)379-4514, 379-4519
Fax / (02)379-4516
E-mail/hannury2003@hanmail.net

•

신고번호 / 제300-2006-61호
등록일 / 1993. 11. 4

•

초판발행일 / 2011년 10월 10일

•

ⓒ 2011 한승연 Printed in KOREA

•

값 8,000원

•

※잘못된 책은 바꿔드립니다.

•

ISBN 978-89-7969-402-4   03810